감정에 체한 밤

감정에 체한 밤

—

2018년 5월 25일 1판 1쇄 발행
2020년 5월 20일 1판 5쇄 발행

지은이 식식
펴낸이 이상훈
펴낸곳 책밥
주소 03986 서울시 마포구 동교로23길 116 3층
전화 번호 02-582-6707
팩스 번호 02-335-6702
홈페이지 www.bookisbab.co.kr
등록 2007. 1. 31. 제313-2007-126호

—

기획·진행 김다빈
디자인 디자인허브 김혜진

—

ISBN 979-11-86925-42-3 (03810)
정가 13,000원

—

책밥은 (주)오렌지페이퍼의 출판 브랜드입니다.

이 도서의 국립중앙도서관 출판예정도서목록(CIP)은 서지정보유통지원시스템 홈페이지
(http://seoji.nl.go.kr)와 국가자료공동목록시스템(http://www.nl.go.kr/kolisnet)에서
이용하실 수 있습니다. (CIP제어번호: CIP2018013968)

감정에 체한 밤

식식 지음

책밥

—

늦은 밤 골목, 현관문 앞, 그리고 내 방까지 대체로 일정한
속도로 걷지만, 속마음은 정처 없이 걷고 있는 기분이다. 조
금 걷다 들어갈까 하다가도 곧장 집으로 향하는 매일이다.

—

온종일 내 안에서 떠다니던 것들이 도통 가라앉지 않아 꼭 끊임없이 흔들리는 스노우볼 안에 갇힌 기분이 되는 날이 있다. 한 치 앞도 보이지 않고 차라리 잠들고 싶지만 그럴 수 없는 밤엔 책상에서부터 침대까지의 거리가 그렇게 멀 수 없다.

얼른 시간이 지나가 지금 이 일도 아무렇지 않은 일이 되기를 바라며 성가신 기분에 시달리다 보면 짙은 새벽이고, 피곤을 못 이기겠는 시점이 오면 어느새 아침에 가까워져 있다. 그렇게 나의 독백은 늘 시차와 함께 존재한다.

좋아하지 않는 일들이 나를 괴롭히고, 때론 좋아하는 일들에 상심하기를 반복하고, 일정한 흐름을 가진 시간에 기대어 어떻게든 견뎌 보려 하는 것. 지난밤을 평탄치 못하게 만들었던 일이 천천히 멀어져 가길 바라는 것. 그게 내게 주어진 일상의 한 축인가 싶다.

시끌벅적하고 특별한 것만 찾아 헤매던 시기를 지나온 지
금은 단단하고 일관적인 안정을 가장 바라게 됐다. 많은 시
간을 할애하게 만드는 불안, 그것과 엉겨 있는 밤을 낯설게
느낄 수 있음 좋겠다고 생각하면서.
모두가 각기 다른 일을 겪고 다른 이유로 슬퍼하므로 쉽사
리 '이해'한다고 말할 순 없을 것이다. 그저 당신도 어그러
진 밤을 흘려보낸 적이 있었음을 서로 깨달을 뿐이다. 그리
고 가끔은 그게 알 수 없는 위로가 된다.

나는 '행복'이란 단어를 어렵게 생각하는 사람이라, 앞으로
맞이할 밤에도 일정량의 건조함이 있을 것이다. 그러나 그
건조함이 만들어 내는 약간의 거리감이 결국 다정과 위안
으로 채워지길 바라 본다. 그리고 당신에게도 결이 비슷한
인사를 건네고 싶다.

공허함에 쫓기지 않는 발걸음이길 바랍니다.
부디 안녕, 하세요.

contents

감정에 체한 밤

자꾸만 뒤돌아보게 되는 시간은
꼭 뒤로 걷는 일 같다.
앞을 보고 있는데 앞을 볼 수 없으니.

_____ 2 : 0 0 a m

01

슬프기 전에 잠들었어야 했는데 슬픈 후에 잠들었다. 오늘 감정의 성질은 잠을 자면 사그라드는 게 아니라 고이 쌓이는 것이었나 보다. 밀려오는 감정에 체한 밤.

02

하루를 사는 것이 아니라 겨우 넘긴다고 생각될 때의 막연
하고 얕은 우울. 내일도 살아 있겠구나. 기어코 눈을 뜨겠
구나. 그 생각을 하면 가슴 한쪽이 답답해집니다. 나는 모
든 걸 하며 살면서도 아무것도 얻지 못하겠지요.

03

소리 내어 우는 일을 잊은 건 그리 울어도 소용없음을 알았을 때부터예요. 아무것도 되돌아오지 않는 울음을 터뜨리느니 처음부터 소리 나지 않게 우는 걸 택하게 됐어요. 아무것도 바라지 않고 크게 울어 버릴 용기가 조금 부족했던 것도 맞아요.

04

자기 비하가 찾아오면 낮이어도 밤이었다. 맑은 날이어도
비가 내렸고, 따뜻한 봄이어도 찬바람이 쌩쌩 불었다. 나는
갑작스런 어둠에 당황하거나, 들이닥치는 비에 경악하거
나, 냉기 가득한 방바닥 위에 서 있다가 감기에 걸리는 일
이 잦았다.

05

내게 결여된 부분이 존재한다는 걸 더 자세히 알게 됐고 어
쩔 수 없다는 것도 알게 됐지만, 어째서 내가 그런 사람이
어야 하는지에 대한 억울함은 그다지 해결되지 않았다.

06

힘들겠다는 눈빛이 나를 힘들게 한다. 원하지 않을 때 위로
를 듣는 것도 고역이다. 나의 안부는 내일 날씨를 묻듯 물
어 줬음 좋겠다. 내일 날씨는 어때, 하고 물으면 그저 소나
기가 올지도 모른다고 대답할 테니.

07

별다른 일도 없는데 누군가를 잃어버릴 것 같은 기분이 든다. 미리 울어 둘 수 있을까.

08

내 인생을 누군가에게 맡겨 버리고 모든 게 해결될 때까지 도망쳐 있고 싶은 날이 있지만.

09

사람은 변해 가는 것이라 했다. 그걸 모르는 건 아니었지만 이런 식으로 변해 가고 싶진 않았다. 변해 간다면 좀 더 나은 방식이었으면 했다.

톡톡히 해냈다.
나의 기억은 부표 역할을
그 말이 거센 파도처럼 덮쳐 와도
・
너무 괘념치 마라.

10

텅 비어 있는 운동장 한가운데로 달려가서 주저앉아 펑펑
울고 싶을 때가 있다. 서럽게 우는 나를 피해 가는 사람들
사이로 모르는 이가 하나라도 다가와 괜찮냐고 물어봐 줬
으면 싶을 때도 있다. 그래 준대도 "안 괜찮은데 어떻게 해
야 되는 거예요?"라고 묻는 게 전부겠지만.

11

교훈 따위는 전혀 얻을 수 없는 힘듦도 많다. 오로지 불행
으로만 반죽되어 있을 뿐인 일들.

12

가끔 나는 물이 부족해 짜게 끓인 라면 같아진다. 짠맛에
건드리기가 쉽지 않고, 가만히 놔두면 모든 걸 흡수해 퉁퉁
불어 버리고, 들어 올릴라치면 쉽게 끊어져 버리는 상태의
내가 된다.

13

심적 여유는 본인이 사라지면서 내게 필요한 다른 것들까
지 함께 끌고 도망쳐 버린다. 대개 이해심, 배려심, 세심함,
침착함 같은 것이다. 나의 내면은 순식간에 좁아져 내 몸뚱
이 하나도 감싸질 못한다. 도망간 것들은 멀리서 날 보며
웃고 있다.

14

좋다. 좋은 건 좋다. 싫은 건 싫다. 싫다기보다는 어쩐지 슬
프다. 다 놓자, 하고 맘먹어도 안 되는 게 더 많다. 그걸 아
는 건 나, 그리고 수많은 너. 수많은 것. 매 순간 내 발 밑에
서 튀어 올라오는 수많은 덫.

15

이렇게 옆으로 돌아누워 있는 내 앞에 또 다른 내가 마주
보고 누워 있다면 나는 꿀밤을 한 대 때려 버릴까 머리를
쓰다듬어 줄까. 아마 "요즘 왜 그래?" "몰라" 같은 대화를
할 것이다.

16

나는 이도저도 아닌 어중간한 위치에 놓여 있다. 마치 종이 위 허공에서 펜을 대충 떨어뜨려 찍은 점의 위치 같은 그런 사람.

17

나는 항상 시간보다 느렸고 후회보다 빠른 아이였다. 시간을 따라잡기 위해서인지 뒤에서 달려오는 후회에 잡히지 않기 위해서인지 헷갈리는 때가 많았지만, 아무리 달려도 알 수 있는 건 없었다. 그저 시간과 후회 사이에 끼어 2등으로 존재하다 결국 나를 앞지르는 후회의 등을 바라보는 게 전부인 삶이었다.

18

이해할 수 있을 것도 같지만 다 이해하고 싶지 않은 것과
처음부터 이해되지도 않지만 이해한 척해야 하는 것. 그런
것들이 만들어 내는 괴리감이 판치고 있다.

19

힘들었던 것, 속상했던 것, 그때 아무도 없었던 것, 그런
데도 일하러 갔던 것, 일하다 중간중간 울었던 것, 울다가
도 평소와 같은 척 할 일을 했던 것, 그리고 몰래 또 울었던
것, 그러다 집에 들어오면 날 반겨 주는 게 현관 센서 등밖
에 없었던 것.

20

나를 가득 채운 게 공허입니다. 비우자니 잡히는 게 없고,
채우자니 빈틈이 없더이다.

21

태어난 자체가 나의 빚인 것처럼, 하루를 살아내 봐야 고작
이자를 갚았을 뿐인 것처럼.

22

불안이 커지면 그게 내 일상이 되는 게 아니라 나 자체를
대신하게 돼버리는 거야.

23

알고 싶은 게 많은데 이상하게 그걸 아는 게 겁이 나.

24

밤에 혼자 집에 들어가다 보면 그냥 통화하고 싶어질 때가 있어. 딱히 특별한 얘길 하고 싶은 건 아니고, 우리 동네 골목길이 좀 많이 쓸쓸해.

25

아무것도 변하지 않았으면 좋겠고, 모든 게 다 바뀌었으면 좋겠어.

26

분명한 이유가 있어도, 미워하는 일은 힘이 든다. 떠오를
때마다 모든 감각이 되살아나 눈을 번쩍 뜨게 된다. 순식간
에 그때 그 순간으로 돌아간 마음을 어쩌지도 못하고 진땀
을 뺀다. 대상도 감정도 내 마음대로 죽일 수 없다. 무형의
독방에 갇힌다.

27

가끔 나는 나를 잃어버린다. 잠든 사이 누군가 몰래 들어
와 나다운 나를 훔쳐 달아난 것 같다. 이름을 써두지 못했
으므로 되찾는 것은 무리다. 나는 또 나를 새로이 채워 내
야 한다.

28

위로를 먹고 사는 괴물이 되진 말자고 다짐했어도 어떤 날
은 하루 종일 위로를 구걸하고 싶지.

29

마음이 너무 무거워 등을 똑바로 펼 수가 없다.

30

믿어 달라고 말하는 것들과 믿어도 될 만한 것들의 수는 같
지 않다. 원래 그렇다. 도저히 믿을 만하지 않은 것 같아도
한 번쯤 믿어 보고 싶은 것들을 믿는다. 자주 그렇다.

31

말도 안 되게 너그러워졌다가도 세상에 둘도 없이 쪼잔해
지는 일을 계속하다 보면 하루 종일 접었다 펴지길 반복한
종이 같아져.

32

밤의 적막함을 사랑해 왔지만 듣고 싶지 않은 소리가 더욱
잘 들린단 사실은 늘 별개의 슬픔이다. 내가 나에게 속삭이
는 소리를 피할 길이 없다.

33

기분이란 건 정말 연약하다. 그것을 다루는 데 단련됐다 싶
다가도 일순간 현기증이 일어날 정도로 쉽게 흔들린다.

발을 채이며 산다.

사라진 것들이 남긴 빈 공간에

살다 보면 사라진다.

·

살다 보면 살아진다.

34

다들 그렇게 산다는 사실이 지금 이렇게 힘든 걸 없애 주진 않아. 사는 게 다 비슷하다는 말의 한 사례가 되려고 한 적 없어. 좀 튀어 보고 싶어서 색다르게 힘들 방법을 찾은 적 도 없어. 힘든 건 그냥 힘든 거야.

35

누가 날 어디로든 데려가 줬음 좋겠다 생각한 적은 많았지
만, 말 그대로 정말 어디든 상관없는 건 아니었다. 뭐가 어
떻게 되어도 지금 여기보단 나을 거란 보장이 있는 그런 곳
이었음 했다.

36

기분이 안 좋을 때마다 아무도 없었으면 좋겠지만 누군가 있었으면 좋겠는 이상한 마음이 된다.

37

'나 그렇게 나쁜 사람은 아니야'라고 생각하는 만큼 나쁜 사람이 되곤 했다. 스스로에 대한 안심이 불러온 잘못은 늘 일정량의 슬픔과 엉켰다.

38

안정적인 상태가 원래 나의 것인 줄 알았는데 어디선가 빌
려 오기라도 한 것처럼 불안이 이자가 되어 나를 덮칠 때.

39

이렇게 쓸쓸하고 헛헛한 기분이 드는 밤은 어쩐지 위험하
다. 실제로 위험하지 않더라도 그냥 그런 기분이 든다. 내
몸 어딘가에 존재하는 문을 누군가가 열어 놓고 도망친 느
낌이다.

40

지치지 않으려고 하는 것에 지쳤어. 우는 걸로 기운 잃기
싫어서 참았는데 그것도 못 하겠어. 많이 슬프고 속상해.
두려움을 이기지 못할 것 같단 생각이 들어서, 그리고 내가
잘못한 것 같아서. 그래서 그렇게 됐어.

친절이란 말을 발음하는 것도 숨이 차는 시간들이야. 합당
하지 않은 이유로 속상하고 서운한 것들의 숫자만 늘어가.

이런 나를 나도 이해할 생각 없어. 미안해, 전부 내가 나빠.

41

좀 괜찮아졌나 했는데 집으로 걸어 들어가는 길에 또 울었다. 헨젤과 그레텔처럼 걸음마다 눈물 한 방울씩을 떨어뜨렸다.

42

나만 알고 있는 비밀이 하나씩 늘어날 때마다 외로워진다.
외로움마저 비밀스럽다.

43

다정한 상상을 끌어안을수록 현실이 서슬 퍼런 눈을 하고
나를 바라봐요. 그건 네 것이 아니야. 그렇게 비웃듯이.

44

밤은 제때를 잃은 말들이 고이는 시간이자,
내 머리 위로 쏟아져 나를 온통 적셔 버리는 시간.

45

큰일을 많이 겪어 봤다고 해서 갈수록 충격을 덜 받는 건 아니다. 그냥 좀 지겹고, 밍숭맹숭하고, 익숙하고, 결국 이렇게 될 줄 알았다, 하는 식의 생각뿐인 거지.

46

이해해 달라는 말은 간혹 나의 빈틈을 메꿔 달라는 의미로 쓰인다.

47

내 기분을 설명할 길이 없는 날엔 마치 매우 어려운 책을
한 권 읽고 있는 듯한 느낌이 든다. 무슨 말인지 알 것 같으
면서도 직접 설명하고자 하면 모르겠다.

48

되게 작은 먼지들이 엄청나게 모여 내가 만들어진 것 같아.
'괜찮겠지' 하며 넘겨 온 것들, 하나하나 잡기엔 너무 작았
던 것들, 누군가가 떠넘긴 것들이 오랜 시간 뒤엉켜 만들어
낸 덩어리로서 존재하는 기분이야.

49

갑자기 내가 너무 아무것도 아닌 것 같은데 정말 아무것도
아닐까 봐 겁이 나서 아무것도 아닌 게 아닌 사람인 척할 때.

50

어쩐지 울고 싶다. 사실은 울고 싶은 게 아니라 이것저것
말하고 싶은 거야. 그런데 그건 우는 거나 다름없어.

51

제 성격에 덧니가 있어요. 고르지 못하죠.

52

난 네가 생각하는 만큼 좋은 사람도 아니고, 네가 생각하는 만큼 나쁜 사람도 아니고, 그냥 네가 생각하는 만큼의 사람이었다가 그 이상의 사람이었다가 그 이하의 사람이었다가 하는, 그냥 그런 사람이야.

53

갑자기 울어도 이해받을 것 같은 바람이 불더라.

54

마음 시리면 바람에 날리는 낙엽이 땅바닥을 훑는 소리에
도 온몸이 긁힌다.

55

때로는 내가 뭐가 서운한지 모르겠고, 때로는 뭐가 미운지 모르겠고, 때로는 왜 그게 슬픈지 모르겠고, 때로는 왜 그렇게 표현했는지 모르겠다. 미운 말투로 말을 할 땐 섭섭했던 감정이 담겨 있었고, 울기 시작했을 땐 그런 말투로 표현한 나와 나를 둘러싼 모든 것들에 대해 속상해졌다.

56

뭘 해도 잘한 행동 같지 않을 때가 있다. 나름 생각하고 내
린 결정도 그 순간이 지나고 보면 잘못된 것 같은, 내 행동
의 근거도 터무니없어 보이는, 오로지 엉망진창만을 향해
내달리고 있는 것 같은 그런 때가.

57

내가 무슨 말을 하고 싶은지 모르겠고 무슨 말을 하고 있는
지도 모르겠는데, 정신을 차려 보면 무엇인가를 말하고 있
거나 말을 한 상태이다.

58

외로움이란, 내가 그림자가 된 것 같을 때 느끼는 것이다.
외로워지는 순간, 나는 그곳에 존재하는 의미 없는 사물
(事物) 중 하나가 된다.

59

엄청나게 울고 싶은데 그렇게까지는 안 되는 답답함에 가로막혔다. 온갖 먼지와 머리카락이 엉켜 있는 세면대에서 물이 빠지는 걸 지켜보는 기분이다.

60

어떤 날엔 내가 가장 나은 해답 같은데, 또 어떤 날엔 나만
오답 같아.

61

쓸데없는 생각은 이불 같아서 자꾸만 나를 덮어.

62

내 목구멍에 체가 있다. 뱉어 내고 싶은 말들은 하필 너무 큰 조각들뿐이라 억지로 게워 낼 수조차 없다.

63

'이렇게까진 안 하는 걸 보면 착한 사람인가 보다' 하는 건
그만두자. 넘지 말아야 할 예의의 선을 50미터 넘은 사람
과 100미터 넘은 사람 중, 50미터 넘은 사람이 그나마 착한
사람은 아니다. 선 앞을 떠나지 않고 계속 알짱대는 사람은
선을 잘 지키는 사람이 아니라 경계 대상이다.

64

나는 별거 없고요, 그저 가끔 별거 없는 게 슬퍼서 울다가
별거 없는 이유로 그치는 애예요.

65

아무 목적도, 대상도 없이 보고 싶단 감정이 끓어오를 때가
있다. 뭘 원하는지, 누굴 보고 싶은지 아무것도 모르겠는데
하릴없이 밀려오는 그리움, 차오르는 감정.

66

괜찮지 않았던 밤마다 나를 가장 괴롭혔던 생각은 '내일도
괜찮지 않으면 어쩌지'였다.

_Wish you eat well
and
Sleep well

잃음의 이름

발밑에 떨어진 조각은 이별의 증거일까.
이젠 그것만이 내 것인가.
한참을 들여다본다.

3 : 0 0 a m

01

내가 기다리는 만큼 느리게 다가오고, 붙잡고 싶은 만큼 빠
르게 스쳐 지나간 모든 것들에 대하여.

02

뭐가 하나씩 없다. 다 없고 겨우 하나만 있는 건지도 모르겠고.

03

좋아하는 마음 하나만 있으면 다 되는 거였음 모든 게 어려울 일도 없었어.

04

얼마 안 가 당신을 알게 된 걸 후회할지도 모르겠단 생각
이 들었다. 당신이 싫어졌다기보단 당신 때문에 감내하게
되는 모든 일들이 지루하고 따분해졌다고 하는 게 맞을 것
이다.

05

이별은 늘 생각보다 가까웠다. 더불어 후회는 늘 생각보다
깊게 존재했다.

06

약속은 깨어지기 일쑤다. 남는 약속이 별로 없어 야속함만
남는다. 야속함이 돌고 돌아 약속이란 단어가 되었나 보다.

07

다시는 보지 않기로 한 이와의 관계는 이별의 순간 바로 끝
나는 것이 아니다. 힘겹게 이어져 나갈 이별이란 약속. 그
것의 존재조차 잊을 때쯤에 이르러서야 이별과의 이별을
끝마친다. 내 삶에 당신이 없어도 괜찮다는 걸 확인한 순
간, 그제야 비로소 관계의 마침표가 온전히 찍힌다.

08

멀어져 버린 사람이 꿈에 나오면 '우리가 다시 가까워졌구나', '우리가 멀어진 게 아니었구나' 하는 마음에 반가움을 느끼는데 그러다 꿈에서 깼을 때 기분이 정말 싫다. 내 곁에 없는 사람들은 꿈에 나오지 않았음 좋겠다. 나올 때마다 아직도 함께 지내는 것처럼 웃으니까.

09

빈말이 싫은 이유는 괜히 기대해 본 적이 너무 많아서지.
나한테 한 말을 잊지 마. 그렇게 별것도 아닌 듯 잊을 거면
아무 약속도 하지 마.

10

떠나는 게 두렵지 않다고 한 거 다 거짓말이야. 하나둘씩 떠나가면 나 너무 슬프고 속상해. 내가 그런 정도의 사람인 것만 같아서 괴로워. 아무렇지도 않다고 한 거 다 거짓말이야. 미안해.

11

우리는 서로에게 위로를 건넬 수 없는 사이가 되었다. 각자의 밤은 더욱더 깊어졌고, 바람은 거세지기만 하였다. 우리는 '잘 있겠지'라고 어렴풋이 예상하는 일밖에 못 하는 그런 우리가 되었다.

12

처음부터 좋아하지 않았던 게 아니라 더 이상 좋아하지 않
게 되어 버린 일이 나를 속상하게 만들 때.

13

당연하게 생각하지 말자. 뒤돌아서면 슬프니까.

14

이젠 별 의미 없어진 것이어도 처음부터 아무것도 아니었
던 것과 같진 않아.

15

너는
나의,
시.

그러나
단 한 줄의 행으로도 존재할 수 없는 나는
그저 가만히 너를 읽는 사람.
읽지 않고는 견딜 수 없는 사람.

나는 너의,
외워지지 않는 사람.

나는 너를,
단 한 줄도 외우지 못한 체해야 하는 사람.

16

그저 그렇게 있어 달란 말보다 그저 그렇게 있어 주겠단 말
을 먼저 했어야 했다.

17

누구나 위로해 줄 수 있지만 그 사람의 위로가 아니면 안
되는 일. 이를테면 헤어짐 같은 것.

18

사라지려면 처음부터 없었던 것처럼. 하지만 그건 불가능
한 일이란 걸 알고 있어요.

19

보고 싶은 사람들. 그중 이제 보지 못하는 사람들. 왜 다들
다신 볼 수 없게 되어 버렸어요. 왜 내 기억 어딘가에 흔적
을 남겼냐고요.

20

네가 사라졌을 때 운 게 아냐. 더 이상 돌아오지 않을 거란
확신이 들었을 때 울었어.

21

지켜지지 않을 약속은 듣는 순간 알 수 있다. 그냥 하는 소
리 혹은 에둘러 하는 거절임이 느껴져도 내가 할 수 있는
말은 없다.

22

우리는 하릴없는 기대를 해서 가망 없는 눈물을 흘리다가
소용없는 다짐을 해버렸던 탓에.

23

당신이 했던 말, 순간 스쳐 지나갔던 표정들, 낮게 울렸던
목소리, 살짝 닿았던 옷깃, 나 없는 곳에서도 즐거워 보였
던 표정, 아무 감정 없이 풀어져 있던 얼굴. 내 이름을 써
붙여 갖고 싶었던 그 전부를.

24

그렇게까지 애쓰지 말걸 그랬단 후회로 처연했던 밤들.

25

나의 일이 바빠 널 잊을 시간이 없었다.

26

타인의 뒷모습에서 문득 날 떠날 채비를 하고 있음을 느끼
는 순간이 있다. '멀찍이 떨어져서 뭐가 그리 바쁘니' 하는
생각을 입 밖으론 일절 꺼낼 수 없는 그런 순간.

27

사라지는 것들은 시끄러운 소리를 내지 않아. 살아 있는
것들에 묻히느라 그래. 과정은 남기지 않고 빈자리만 남
기더라.

28

내게 관심 한 톨 주지 않는 널 미워하지 않으려 노력하고 있
어. 그저 넌 내 용기고 절망이야. 그리고 난 아무것도 아냐.

29

내가 받았던 애정에 대한 감각은 절대 잊을 수 없지. 갑자
기 사무쳐 이불 안으로 숨는대도 소용없는 그런 거라니까.

30

짝사랑.

당신이 보지 못하는 곳에 당신 이름을 적고 당신이 가장 먼저 찾아내 주길 바라는 것. 당신의 시선 끝에 무엇이 머무는지 가장 잘 아는 사람이 되는 일. 그리고 거기에 나는 없음을 매번 확인하는 일.

31

좋아하는 만큼 속이 상하는데 좋아하기 때문에 용서할 수
밖에 없음이 얼마나 괴로운지 아는 사람들.

32

소중한 것들이 날 가장 괴롭게 할 수 있단 사실만큼 원망스
러운 것도 없다. 그러나 결국엔 버텨 내는 이유도 그것이
소중하기 때문이다. 시종일관 이어지는 불합리함을 나는
받아들일 수밖에 없다. 난처해도 별수 있나. 지키고 싶은
것이란 게 다 그렇다.

33

아주 소중하고 오래 이어졌음 하는 관계인 건 달라지지 않
았음에도 차라리 내 손으로 끝장내고 싶어질 때.

34

마음은 준 대로 회수할 수 있는 성질이 아닌 것.

35

당신의 애정 한 방울이 고파 온종일을 굶었던 날이 있다.

36

아이러니하게도 나는 그의 우는 목소리를 들으며 날 좋아
한 게 아니었음을 확신했다.

'그냥 누군가를 좋아하고 싶었던 거야. 꼭 나였어야 했던
게 아니라.'

그런 생각을 했더랬다.

37

우리는 확신하지 못해 안달이었다. 확인 뒤엔 꼭 확신이 뒤따라올 거라 믿듯이. 그 믿음만 생기면 어떤 후회도 없을 듯이. 하지만 사건의 끝에서 우린 알았다. 한 점 후회도 남지 않는 일 같은 건 있을 수 없단 걸.

38

내 것은 없고, 내 것인 듯 착각해도 눈감아 주는 것들이 잠시 머물다 갈 뿐이다.

39

내가 모르는 사이에 나는 내가 아닌 것이 되어 버린 게 아닐까?

40

사실 아직도 이따금씩 '그럼 그때 나한테 왜 그랬어?' 같은 질문이 내 곁에 선다. 그저 내가 나였기 때문에, 그런 나였기 때문에 그다지 좋지 못하게 받아들여졌을 뿐인가 보다 하는 건 예나 지금이나 비슷하지만 '그래도'라는 말이 사라지지 않는다.

그래도, 그건 아니었잖아. 그래도, 그건 뭔가 너무 과했잖아. 그래도, 그게 그렇게 평범한 일은 아니었잖아. 그래도, 아무리 그래도, 그거 조금 이상하잖아.

수없이 던졌지만 되돌려 받은 적 없던 질문들이다. 그것들이 당시만큼 유효하진 않지만 내게 있어 아직도 사라지지 않는 의문임엔 변함이 없다. 답을 얻을 수 없어 나 스스로를 달래며 적당한 선에서 생각의 끈을 때마다 잘라 버릴 뿐.

뜨겁게 달구어진 인두로 어딘가를 지져 버리는 듯한 괴로움에 몸서리치던 그 모든 시간을 어떻게 잊을 수 있겠나.
그래, 내가 할 수 있는 건 전혀 없었지. 나는 나대로 구겨졌
다 펴지길 반복하고, 또 어느 날은 화르륵 타올라 재가 된
모습으로 다음 날을 맞이하기도 했더랬다.

내게 있던 건 조금 가쁘게 헐떡이던, 더럽게 엉겨 붙어 떨
어질 생각도 안 하던 숨. 고작 그게 나의 전 재산이었다. 난
가진 게 없었으나 하나라도 알았음 했다. 이런 나였다고 해
서 여기까지 휘말려도 괜찮은 건 아니라며 어떤 밤엔 소리
없이 울분을 토했다.

냉정하게 생각하지 않아도 이젠 모두 지나간 길이 됐음을
안다. 내가 직접 밟아 가며 지나온 그런 길이다. 나는 그 길
의 감촉을 안다. 어떤 신을 신어도 밑창을 뚫고 발바닥까지
전해지던, 따끔따끔하여 한 발자국도 힘들던 그런 길. 그랬

던 길.

모르겠다. 언제까지 궁금해할지. 정말 머릿속에서 지워지는 때가 오긴 할까? 아니겠지. 기껏해야 좀 더 가볍게 궁금해하고, 보다 손쉽게 생각을 끊어 버릴 수 있게 될 뿐. 사실 이것도 분명하진 않겠지만 그런 방향으로 가겠지 하는 기대를 하고 싶다.

난 몰랐고, 모르며, 모를 것이다. 요컨대 나는 죽을 때까지 사실에 접근할 수 없단 뜻이다. 내겐 그런 자격, 아니면 권한 같은 것은 주어지지 않으리란 건 애초부터 알고 있었다. 그 진실을 처음부터 받아들이고 있었다. 그렇다고 해도 괜찮진 않다. 괜찮아서 아무 소리 하지 않은 게 아니다. 내가 중심에 있는데 정작 내겐 선택권도 발언권도 없었다.

시간이 꽤 지나 그런지 지금은 죽을 듯이 괴롭다거나 하진 않다. 단지 '그때 난 정말 어쩔 줄을 몰라 했구나' 하며 약간 안쓰럽게 생각할 뿐이다.

내겐 여전히 아무것도 없다. 그렇담 상대방은 전부 다 갖고 있을까. 내 입장에선 그게 맞지만 본인이 어떻게 느낄진 알 수 없다. 그러나 적어도 "왜?"에 대한 대답은 충분히 할 수 있는 사람이다. 내가 가장 알고 싶어 하는 걸 알고 있다. 지금까지 매달려 살진 않지만, 여전히 궁금하다.

'그럼 그때 나한테 왜 그랬어?'

41

상대의 '적당히'는 나의 최소치고, 나의 '적당히'는 상대의
최대치일 때 벌어지는 일.

42

"그게 어려워?"라고 말할 수 있는 사람과 "그게 어려워"라
는 말밖엔 못 하는 사람 사이에는 깊은 간극이 있다.

나의 눈물샘을 찾았지.

목이 마를 때마다

너는

43

고맙다거나 사랑한다는 말을 가장 많이 해줘야 할 사람들
에겐 어쩐지 미안하다는 말을 자주 하게 되는 것 같다. 그
래 놓곤 다른 이들에게 "고마워요"를 남발하는 것이다.

44

나는 흐릿한 존재이고 싶지 않았다. 아차, 하며 떠오르는
정도의 사람이고 싶지 않았다.

45

늦어지는 연락, 기다리고 있는 연락, 하고 싶어도 할 수 없
는 연락 같은 것들이 밤을 메꾼다.

46

다툼이란 건 결국 "모든 게 네 잘못이다"가 아니라 "내 마음
이 네게 닿지 못한 것 같아 속상했다"에 가까운 일이다.

47

늘 하던 실수가 꼭 누군가를 잃어서 생긴 일인 것처럼 원망하는 일은 몇 번이나 했어요. 무슨 말이라도 하고 싶었는데 어떤 말도 나오지 않는 목구멍을 쥐어짜 내본 적은요. 걸어 줄 리 없는 새끼손가락만 멍하니 보며 엉엉 우는 밤을 며칠이나 보냈나요. 길을 걷다 눈물이라도 쏟아질까 봐 눈동자를 얼마나 많이 굴렸나요. 세수하다 울면서 차라리 지금 울음이 터진 게 다행이라고 생각하는 일을 아침마다 했는지요.

다시는 만나지 않기, 연락하지 않기, 우연히 마주쳐도 티내지 않기. 다시는 보지 않기로 하는 약속에 담긴 것들은 너무 많아요. 알아요? 누구나 알고는 있겠죠. 얼마나 야속한 약속인지, 새끼손가락 거는 일도 안 하는 그 약속들을.

48

내가 아프다고 말했어야 했는데 네가 나쁘다고 말해 버렸
지. 나쁜 건 나였고, 아픈 건 너였지.

49

모든 일엔 끝이 있으니까. 끝이 다가오는 걸 미루며 살고
있을 뿐이야.

50

가장 마음 고생할 때 썼던 말들을 쭉 읽어 봤는데, 모든 게 너무나도 진심이었단 생각 말곤 안 들었다. 정말 속이 상해서 체한 것처럼 답답한 상태로 버티다가 눈물 뚝뚝 흘리면서 적어 내려가던 것들이다. 숨도 내 방식대로 못 쉬던 시간들이다.

51

평생 같이 있어 줬으면 하는 사람들도 내 주변에서 사라질지 모른다는 걸 잊을 때가 있다. 그들이 내게 내어 준 곁은 특별한 수고와 애정으로 가득 차 있다. 안락함에 취해 이기적인 착각에 빠지는 때가 가장 많은 걸 잃게 되는 순간일 것이다.

내가 적은 네 이름을 가리기 위해서다.

· 오늘 밤 별이 많이 뜬 것은

52

물음표로 다툼이 시작되고 곧 느낌표로 변한다. 굳어진 말
투로 마침표를 남발한다. 나중에서야 쉼표 하나 찍히지 않
아 숨을 헐떡댔다는 걸 깨닫는다. 결국 마침표들이 울음을
터뜨리고 나서야 모두 쉼표가 되었다. 다툼의 종결.

53

상실감에 젖었다 마르기를 반복하던 어느 날
그만하자는 말을 들으며 생각했다.

'놀랍지도 않은 일이다.'

54

다시는 보지 않기로 하는 것을 또 다른 종류의 약속이라 생
각해 보니 이다지도 먹먹한 약속이 있나 싶다.

55

어떤 일이 있었고, 벌어졌고, 그걸 알게 되고, 받아들이고,
인정하기까지는 너무 오랜 시간이 걸리기 때문에 난 아직
그 일을 다 끝마치지 못했다.

56

시간이 지나면 괜찮아진다는 말을 곧잘 쓰지만, 사실 '시'에서 마침표까지 닿을 동안 쉬지 않고 걸어야 하는 사람은 초시계가 한 번 움직일 때마다 온몸을 베인다. 고장 난 시계 위를 걷는다. 그러나 어디로도 갈 수 없다.

57

'끝'이라는 단어를 끝없이 밀어내는 일은 정말 끝이 없다.

58

미안하다는 말을 믿지 못하게 되면 끝난 거지. 어떤 의미의 끝이든 간에. 간략하게 말하자면 '포기'라고 한다.

59

짝사랑은 그 사람의 시선 끝에 무엇이 머무는지 가장 잘 아
는 사람이 되는 일이잖아. 그리고 거기에 나는 없음을 매번
확인하는 일이고.

60

잊어버린 적 없어. 그러니까 멀어진 적 없는 거야.

61

도대체 나는 어쩌다 너를. 당신을. 그것을. 추억을. 기억을. 그리고 눈물이 나는 이 밤을.

62

내게서 아예 사라져 버리는 것만이 '잃음'이라 생각했는데 나 혹은 나의 것이라 생각했던 부분이 흔들리는 것도 그것의 한 종류가 아닐까 한다. 잃음의 이름은 무엇일까. 나는 너를 모르겠다.

_It's a relief that the worry
You've had is
Left in the past now

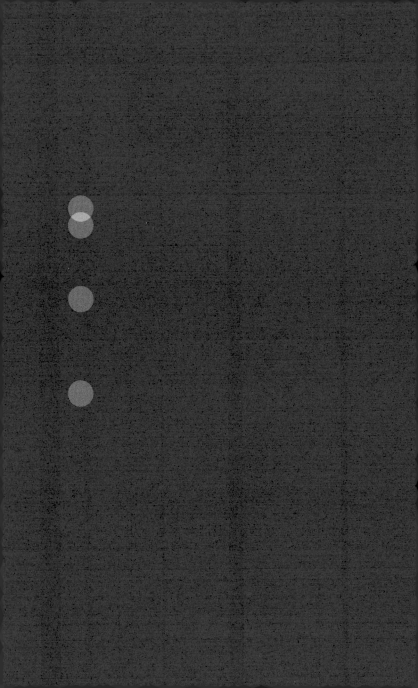

다정의 농도

내가 기다렸던 고요함이
나를 기다린 날이었다.
두려움 없는 밤이 될 것 같다.

_____ 4 : 0 0 a m

01

우리는 보고 싶단 말을 처음 하는 사람들처럼.

02

"좋아해"란 말의 풋풋함을 늘 좋아해 왔다. "사랑해"에 실린 약간의 무게감과는 다른 것이다. 좋아한다는 말은 한 글자 한 글자 분명히 소리 내고 싶어진다. "좋-아-해-" 하고.

03

'좋아한다'는 표현은 꽃 한 송이 들고 머뭇거리는 느낌.

'사랑한다'는 눈에 띄는 꽃집을 볼 때마다 한참 서 있는 느낌.

04

내가 해놓고도 마음에 들었던 말은 얼마나 보고 싶냐는 질
문에 "눈감아도 보일 만큼"이라고 했던 것이다. 사람은 하
루에도 1만 번 이상 눈을 깜빡인다. 잠을 잘 때는 한참이나
눈을 감는다. 그만큼씩이나 네가 깊이 있단 뜻이었다.

05

내가 좋아하고 가깝게 지내는 사람들을 떠올려 보면 관계의 시작점에 대단한 계기가 있던 게 아니었다. 어쩌다, 우연히, 그리고 스쳐 지나가는 채로 끝나지 않아서. 그뿐이다. 그때 잠깐 멈춰 서지 않았더라면, 그래서 가던 길을 그대로 갔더라면, 우리는 만나지 않았을 것이다. 기껏해야 '누군지는 알 것 같아' 하는 식으로 가볍게 인식되고 말았을 것이다.

우리는 서로에게 찰나를 붙잡은 사람들이다. 사람은 갑자기 충돌해 버린 소행성처럼 나타나지 않는다. 아니, 내 생에 그런 사람들이 아예 없었던 건 아니지만 전부 부서지고 괴란한 흔적만 남겼다.

시작점. 1밀리미터 정도 될까 말까한 거기서부터, 우리가
여기까지 왔다.

한 번 멈췄던, 한 번 말을 걸었던, 그 모든 순간의 순간들.
그때를 떠올린다. 제각기 달랐던 것들이 제각기 소중해져
버린 일에 대하여 되짚어 본다. 이리 될 줄 알았다면 첫 인
사는 만나서 반갑단 말이 좋았을지도 모르지만, 그 당시의
어수룩함까지 소중하다.

06

연락을 못 할 것 같으면 언제 연락하겠다고 말해 주는 것.
그렇게 말했으면 정말 그때 연락해 주는 것.

07

어떤 감정이 치고 올라와도 결국엔 '보고 싶다'였다.

08

네가 그렇게 좋아하니 좋다. 내가 대단한 사람이라도 된 것
같다.

09

좋아한다고 말하는 모든 순간들을 좋아해.

10

좋아하는 사람이 생기면 나는 건물이 되었고 그 사람은 엘리베이터가 되곤 했다. 쉼 없이 오르락내리락. 몇 층으로 향할진 내 마음대로 되는 게 아니었다. 난 그저 규칙 없이 왔다 갔다 하는 것을 어쩌지도 못하고 있게 될 뿐.

11

연애는 맡겨 놓은 다정함을 찾아가는 게 아니다. 다정함은
매 순간 계속해서 만들어 내는 것. 그 재료의 반은 상대의
애정. 상대의 것이 부족한 때엔 그만큼의 내 것을 더 써서
만들어 내야 하는 그런 것.

12

다정함은 이유가 된다. 그것의 부피는 엄청나서 텅텅 빈 곳
도 순식간에 가득 채우기 일쑤다. 비교적 성가신 일도 곧잘
해내게 만든다. 그런 때엔 왜 그렇게까지 했냐는 질문에 당
신이 내게 다정을 떼어 주었단 대답밖에 하지 못한다.
당신이 내게 다정했다. 그래서 나는 무엇이라도 하고 싶은
마음이 되어 무엇이든 했다. 내게도 다정함이 있다면 당신
을 채울 수 있었음 좋겠다는 생각을 하면서. 별것 아닌 이
유가 별것이 되어 그득해지는 순간이다.

13

'우주 같은 너'는 너무 흔한 표현이지만, 그곳에서 가장 찾
기 쉬운 별자리가 되고 싶었던 것은 사실이지.

14

날 위한 우주가 아니라 내 이름을 딴 별이 되어 줘.

15

널 얼마나 좋아하는지 적으려고 가장 예쁜 노트를 샀다.

16

좋은 기억은 밑줄 긋고 싶은 곳이 너무 많은 페이지다. 차마 모서리를 접어 둘 수 없어 가장 부드러운 테이프를 붙여 두는 그런 페이지.

17

나는 네 볼을 쓰다듬고, 머리를 매만지고, 잠꼬대를 들으며
혼자 웃고 있다가 네가 깬 후 그 모습이 사랑스러웠다고 전
해 주었다. 너는 그 말을 듣고 갑자기 받은 편지를 읽은 것
처럼 웃다가 나를 안아 주었다.

18

매일 불러도 되는 이름이 되어 줘. 대답을 바라지 않고도
부를 수 있는 이름 말야.

19

약속 장소에서 나를 발견했을 때 상대방의 얼굴이 조금이라도 부드럽게 풀어지는 것을 좋아한다.

활짝 웃는 사람, "예에" 하며 손을 맞부딪히는 사람, 미소만 짓는 사람, 내 쪽으로 걸어오는 사람, 고개를 까딱거리는 사람.

그 모습이 어떻든 그곳에 있던 다른 행인들은 알지 못했을 표정을, 날 발견했을 때부터 짓기 시작한단 지점이 좋다. 악수했던 것, 손뼉 쳤던 것, 포옹했던 것, 전부 다 또렷이 기억난다.

제자리에서 가까워질 때까지 계속 날 보고 있는 그 짧은 기다림과 잠시 멈췄다 방향을 정하고 비슷한 속도로 함께 걷기 시작했던 것까지 다정했던 그 순간들을 이따금 떠올린다. 어떻게 보면 별것 아닌 일인데, 또 어떻게 생각하면 그게 그 날의 전부이기도 하다.

앞으로도 계속 내가 그 찰나의 순간을 지켜볼 수 있게 해줘.

20

좋아할 만한 이유가 있어 시작한 일들 중 그만두게 된 것도 많으니 지금 남은 건 이유야 아무래도 어떠냐 싶은 것들이 겠지. 좋아함이 오랜 시간 겹겹이 쌓이고 쌓이다 보면 좋아하게 된 이유보다 그것을 좋아한단 사실 자체가 더 중요해 진다.

21

뒤에서 껴안아 주기 전 목덜미에 입을 맞추는 수고로움을
늘 사랑했다.

22

다정한 말은 속삭임으로 해요. 단 한 톨도 새어 나가지 않게.

23

흠모하기 시작하면 모든 게 모험이다.

24

"보고 싶어."

"왜 같이 있는데 보고 싶다고 해?"

"보고 싶다 말했는데 볼 수 있다는 게 좋아서."

25

"난 항상 여기 있어"라는 말을 들으면 끝도 없이 믿고 싶어
진다. 그곳으로 달려가고 싶어진다. 그 말은, 그렇다.

26

다정함의 한 조각을 주면 내 애정의 전부를 줄게.

27

연애란 게 가진 마음을 속도에 맞춰 소진하는 일이라 생각했거든. 그런데 지금은 지구력 문제 같아. 단련할 줄 아는 사람과 함께해야 해. 너만 업고 뛰어야 하는 만남은 척 봐도 이상하지 않겠니.

28

사소한 거 기억해 주는 사람들 좋지. 그냥 지나칠 수 있는
걸 굳이 붙잡았단 게 좋은 거야. 내게 어떤 대답이라도 해
준 것 같더라.

29

비현실적인 다정이 현실을 살게 할 때가 있었어요.

포옹을 하세요.
여름보다 진하고 긴
·
겨울입니다.

30

난 누군가와 헤어질 때 그 사람이 사라져서 내 눈에 보이지 않을 때까지 바라보고 있는 걸 좋아해. 골목을 돌아갈 때까지, 택시가 출발해서 인사를 거두고 웃던 표정을 풀 때까지, 지하철 에스컬레이터를 다시 타고 올라갈 때까지, 지하철이 보이지 않을 때까지, 그때까지.

타인의 목덜미와 무표정함과 걸음걸이와 흔들리는 옷자락을 본다. 나와 떨어지자마자 어떤 모습이 되는지를 눈에 담는다. 인상 깊었던 만남의 순간이 있는 것처럼, 지워지지 않는 헤어짐의 순간도 있다. 천천히 늘어나는 것들.

31

포옹하는 순간 서로를 위한 퍼즐 조각이 되잖아.

32

내 사람들이 늘 시선 닿는 곳에 있기란 힘들다. 찾지 않아도 보이던 때를 지난 지 오래고, 늘 적당한 수고를 들여 서로를 찾아내야 한다. 늘 기억하거나 잊고 있다가도 떠올리는 사람, 그리고 수고로움을 감수하면서까지 닿으려 노력하게 되는 사람. 그런 존재로 남는 것은 얼마나 가치 있는 일인가 생각해 본다.

공들여 시간을 만들지 않으면 아무것도 남기지 못한 채 지나가 버리는 삶. 타인의 시간 안에 있을 수 있단 건 그래서 유의미한 것.

33

적당히 잘해 두면 한동안은 걱정 없이 지낼 수 있는, 사랑
은 어떤 식량 같은 게 아니라고 생각하는 나는, 지금도 내
가 널 사랑하는지 아닌지 모르냐는 질문에 "늘 알게 해"라
는 대답을 보낸다.

34

아주아주 기분이 안 좋은 날에도 "응, 나 그거 정말 좋아해"
라고 말할 수 있는 것 하나 정돈 있어야 해.

35

나를 사랑해 주는 사랑스러운 사람들을 사랑하기에도 벅
찬 스물네 시간.

36

난 우리가 좀 더 가까워졌으면 좋겠어요. 더 많은 이야기를
하고 싶어요. 왠지 내가 좋아하는 이야기만 해줄 것 같아.

37

당신은 또 다른 표현을 찾게 하는 사람이다. 내가 가진 언어로는 나타내기 부족한, 늘 보다 나은 것을 주고 싶은 사람. 새로운 말을 만들어 내야 한다면 기꺼이 그 수고를 겪게 하는 사람. 내게 닿는 모든 활자가 새로이 흘러가는 방향이 되는 사람.

38

그래도 될까 고민하는 와중에 "그렇게 하고 싶다고 생각했지? 그래도 돼"라고 말해 주는 것.

39

항상 서로에게 당연하지만 당연하지 않은 사람이었으면 좋겠다.

40

너의 이름은 중요하지 않아. 나만의 이름을 만들 거야. 내
가 불러야만 의미 있을 수 있는 이름.

41

백 허그 좋지. 삶에서 뒤돌아보지 않고도 안심할 수 있는
순간은 그리 많지 않다.

42

같은 것을 접했고 같은 언어를 쓴다고 해서 전하고 싶었던 게 그대로 전해지는 게 아님을 깨닫는 데까지 오래 걸렸다. 명확히 깨닫고 난 뒤에도 절망스러웠던 순간들이 많았음은 물론이다. 그래서인지 언젠가부터 있는 그대로 알아주는 혹은 알아주려고 하는 사람들이 매우 소중해졌다. 내가한 말 그 너머의 무언가까지 이해해 주는 일이니까. 그건어지간한 관심으로는 불가능하니까.

어릴 적엔 그저 우린 너무 잘 맞는다고 깔깔대며 두세 마디할 거 한 마디로도 충분한 게 편하다 생각했다. 그러나 따지고 보면 날 편하게 만든 건 그런 게 아니었다. 알아줄 거란 믿음, 그게 실현됐을 때의 기쁨 같은 거였다.

43

목소리를 담아 둘 수 있다면 작은 유리병에 담아 놓았다가
이따금씩 흔들어 보고 싶다.

44

좋아하는 점을 많이 말할 수 있다 해서 내가 그것에 대해 잘
안다고 말할 순 없을 것이다. '좋아함'과 '앎'은 다른 것이므
로. 하지만 나는 좋다고 말할 것이다. 당신의 무엇을 좋아
해. 그 말을 줄여 당신을 좋아해, 라고 말할 수밖에 없어도.

45

길거리의 큰 건물은 누구나 기억할 수 있지만, 발에 밟히는
모래들은 스쳐 지나가는 사람들이 더 많은걸. 너의 모래까
지 기억할게.

46

보고 싶다는 말이 '너 없는 시간을 보내고 있어'보단 '너 없
는 시간을 견뎌 내고 있어'에 가까운 날들이 있다.

47

웃을 때 눈가에 주름이 생기는 사람들을 볼 때마다 저게 저
리 당연하게 자리 잡기까지 얼마큼의 좋은 일이 있었을까
궁금해하기.

48

약간의 시간 좀 내줄래. 그동안 내 생각해 줘.

49

내가 좋아했던 사람들은 나의 평소 보속을 몰랐을 것이다. 조금 더 같이 있고 싶어서 느리게 걸었으니까. 걸음 하나마다 담겼던 어떤 마음들.

50

그렇게 해도 괜찮다는 말은, 그렇게 하지 않으려고 마음 쓰
는 사람에게만 나온다.

51

농담(濃淡) 조절 잘하는 사람의 농담을 좋아한다.

· 다정함에도 연습이 필요하다.

52

등줄기까지 다정한 사람이 될 수 있을까. 뒷모습은 어쩐지 냉랭한 느낌을 주니까. 고민할 여지없이 이름을 부를 수 있는 뒷모습을 가진 이가 되면 좋겠다.

53

어떤 관계든 내가 퐁당 빠져도 충분할 정도의 애정을 주는 사람들 앞에서 더 조심하고 싶어지는 이유가 뭘까 생각해 봤는데, 나도 그만큼의 것들을 주고 싶기 때문 같아. 난 다 정함에 정말이지 너무 약해서, 말랑함을 느껴 버리면 그 자 리에서 녹아 버려선 어쩔 줄을 모른다고. 그런 사람들한테 실수하고 싶을 리 없어. 내가 너의 다정을 쫓아갈게.

54

보고 싶단 말을 하면 더 보고 싶어지지.

55

"참 좋은 사람들과 지내는 것 같아요"라는 말에 고민 없이
"맞아요"라고 대답할 수 있는 기쁨.

56

사랑하는 사람을 볼 때 미소를 머금은 표정이 되는 것. 당
신이 얼마나 특별한 사람인지를 눈빛으로 전하는 일. 난 그
걸 몹시 좋아한다. 비로소 입꼬리가 올라갈 땐 감정이 더욱
퍼져 나가는 광경을 목격하는 것 같다. 끝내 만들어진 입술
의 곡률만큼 마음이 담겨 있으리란 상상.

57

소설 같진 않아도 일기장에서 자주 들춰 볼 만한 이야기들
을, 우리는 때때로 겪잖아요.

58

좋은 말을 나눌 수 있는, 보고 싶은 사람들을 만나.

_Hope at the end of this long time
There would be something
You've always wanted

안녕, 하세요

안녕이란 말 다음
또 만나자는 말을 덧붙일 수 있게 되기까지
많은 시간을 보냈으니까.

5:00am

01

어제의 슬픔은 모두 이겨 냈다.

02

겨울은 아마도 약한 것들이 더욱 약해지는 시기. 무어라 표현하고 내뱉을까, 마음마저 얼어 버린 것을. 옷깃을 여민다고 찬바람이 나를 지나쳐 가는 것도 아닌데. 양쪽 **뺨** 발갛게 얼어붙은 길의 끝에서 "잘 왔어"라고 인사해 준다면 아, 네가 보고 싶었다.

03

우리가 번갈아 가며 서로의 등을 바라봐 주었으면. 어린 왕자의 마지막 모습처럼 픽 하고 쓰러지면, 등에 닿는 것이 마른 모래가 아니라 가슴팍이었으면.

04

우리 서로 '제발 내가 혼자가 아니라고 말해 줘'라는 생각이
들 때마다 나타나 주자.

05

적당히 행복하자. 최소한 내 거 챙기고도 조금 남아 다른
사람 챙길 수 있을 정도로는.

06

자꾸 뒤돌아보고 싶어지면 그냥 그쪽을 향해 걸어. 그러나 끝끝내 발길을 돌리지 않을 거라면 지금 나의 안녕에만 전념하기.

07

공허함에 쫓기지 않는 발걸음은 값진 것.

08

뜬금없이 불안해질 때마다 평소와 똑같은 모습을 보여 주는 것들이, 그냥 그렇게 존재하고 있는 것들이 내게 큰 위로가 된다. 비틀거릴 때 순간적으로 손을 짚을 수 있도록, 지탱하고 일어설 수 있도록 허락해 주는 것들.

09

용기 있는 사람이 항상 용기를 내주는 건 아니므로 거기 익숙해지기만 해선 안 된다. 분명 내가 용기 내야 하는 순간이 온다.

10

문은 반쯤만 열어 둬. 활짝 열어 두면 아무나 들어오려 하고, 틈만 보이게 열어 두면 모든 사람들이 수상해 보여 겁나니까. 반 정도가 딱 좋아. 물론 정말 널 생각하는 사람이라면 함부로 열지 않고 초인종을 누를 거야. 그런 이들을 가장 반갑게 맞이해 주자.

11

나쁜 일이 일어났을 때가 아니라 좋았던 일들을 잊어버릴 때 내가 지워지는 것 같아. 잊어버리지 말아야지. 잠시 까먹었던 것들도 기어코 기억해 내서 끝까지 좋아해야지.

12

내게 내일을 약속해 주는 사람이 없다면 내일이 오지 않아
도 괜찮을 오늘을 보내야 해.

13

뜻대로 되지 않아 너무 힘들어지면 내 뜻을 거기 두지 않는
것도 한 가지 방법이니까.

14

어떤 이가 사람들에게 사랑을 받는 것.
그건 내가 받을 사랑을 뺏어간 것이 아니다.

15

침묵도 무음의 대화일 수 있는 사람과 지내야 한다.

16

만남의 거리는 반 발자국 정도가 좋은 게 아닌가 한다. 너무 가깝지도 않으면서 너무 멀지도 않은 거리. 홀로 무언가를 하기에 거슬리지 않는 거리. 그러다 문득 없어졌나 싶어 돌아보면 여전히 거기에 서 있음을 확인하고 안심할 수 있는 거리.

17

뭐든 잘 해내는 사람이 되고 싶단 욕망과 그로 인한 절망감을 느낀 횟수는 아마 셀 수 없을 것이나 실은 제 역할을 반듯하게 해내는 것만으로도 대단하다는 걸 안 건 아주 나중의 일이었다. 어떤 경계도 침범하지 않고 오롯이 자기 자신으로만 존재하는 것은 어렵다. 때론 경계의 침범 자체가 흔적을 남겨 나의 일부가 되기도 한다.

지금의 난 애당초 내가 분명한 선으로 나눈 게 맞긴 한가에 대한 고민을 자주 한다. 내가 그어 놓은 선에 맞춰 행동하려는 건 지금도 마찬가지다. 그러나 예전보단 '아무럼 어때' 하고 마는 일이 늘었다. 그 기반은 약간의 귀찮음, 그리해도 내 자신이 박살 나진 않는다는 사실, 정해 놓으면 더 힘든 것도 있단 깨달음 때문이다.

어떻게든 지키고 싶은 것도 있지만, 처음부터 분명히 해두려 해도 결말만으로 정해지는 일들도 있단 걸 몰아서 느낀 후부터는 물살대로 흘러감을 택하기도 하게 됐다. 어찌 보면 선택지가 하나 더 는 셈이고, 또 어찌 보면 여러 개가 사라진 셈이다.

그러니까 좀 어렵고 힘든 일이라 그걸 해내는데 벅차 해도, 이것저것 좀 잘 못하더라도, 너무 나를 몰아붙이고 싶지 않다. 나는 끝까지 내 편이었음 좋겠다.

18

포근한 낮을 보내고, 그 감각을 조금 아껴 둬.

새벽은 쌀쌀하지 않은 때가 없더라.

19

내가 여기 있어.
그러니까 어디로든 숨고 싶어지는 날,
내 이름을 불러 줘.
손만 뻗으면 닿을 거리야.
그거 잊지 말아 줘.

20

정말 오래 만날 사람이라면 가장 나다울 수 있는 사람과 만나는 게 좋다고 생각한다. 연기(演技)는 절대 오래가지 못한다. 연기(煙氣)는 금방 사라져 버리니까.

21

사라지면 즐겁지 않을 거라고 생각했던 부분이 내 인생에
서 잘려 나갔지만 생각보다 큰 피해를 입지 않았다. 괜찮
아, 나는 기어코 또 다른 조각을 찾아낼 거야.

22

한밤중, 방 안에 괴물이 있다고 해봐요. 너무 무서워 이불을 덮고 벌벌 떨다가도 시간이 지나면 슬슬 졸려져요. 거기서 또 시간 지나면 답답하고, 덥고, 배고파지는 순간이 오고요. 두려움도 지루해지는 그때 고개를 살짝 내밀어 보면 어느새 새벽이지요. 그러니까 조금 졸려지기 시작할 때까지만 견뎌 봐요, 우리. 그때부턴 두려움이 조금 지루해지거든요. 거긴 멀게만 느껴지는 끝보다 더 가까운 곳이에요.

23

기분이 좋아요. 기분이 좋을 땐 왜 그때 좋게 대해 주지 못
했나 하는 후회가 살짝 들지요.

24

고맙다는 말을 미처 전하지 못했었습니다. 그래서 지금은
미안하단 말을 전하게 돼버렸어요.

25

나도 분명 누군가의 밤을 망쳤던 일이 있었을 텐데, 또 어딘가에선 그 밤에 찾을 사람이 나뿐이었다는 말을 듣기도 하고.

26

누군가 잘 잤냐고 물어봐 줬으면 하고 바라게 되는 밤을 지나오진 않았니.

27

난 사과하는 말을 여러 번 듣는 걸 좋아하지 않는데, 많은 양의 "미안해"가 미안한 마음과 꼭 정비례하진 않는다고 생각해서다. 진심으로 미안해하는 마음은 상대가 말을 잘 못하더라도 듣는 동안 느껴진다. 그럼 한 번으로도 충분하다.

사과는 일종의 약속이다. 앞으로 그런 부분은 주의하겠다는 약속. 그러므로 끝이 아니라 시작인 셈이다. 그 시작조차 제대로 하지 않으려 하는 사람이 많다. 내가 그중 하나가 되지 않길 바란다.

28

누군가 알아줬으면 하는 일투성이지만, 아무도 알아주지 않는다고 해도 괜찮은 일이 있어. 나조차 나를 알아주지 못하는 것보단 덜 두려운 일이야.

29

내 정서의 안정을 신경 쓰는 것과 동시에 상대도 나만큼 괜찮은지 마음 쓰며 살아야 한다. 내가 아주 편한 순간이 뒤돌아봐야 할 타이밍이다.

나의 편함이 타인의 배려와 노력으로 만들어지는 상황은 매우 많다. 그 사람이 아무 말도 하지 않아서, 날 이해해 줘서, 한번 견뎌 줘서, 신경 쓸 만한 일을 신경 쓰지 않을 수 있도록 마음 써줘서 내가 그토록 즐거울 수 있던 것이다.

30

굳이 마주치고 싶지는 않지만 어쩔 수 없이 마주친다면 그냥 적당히 넘어갈 수 있을 정도의, 딱 그 정도의 거리를 갖고 우리 살기로 합시다.

31

예상치 못한 것들이 우릴 설레게 하고, 예상치 못한 것들이
우릴 들뜨게 하고, 예상치 못한 것들이 우릴 괴롭혀도, 그
래도.

32

내 상처도 스르르 잠에 빠지는 때가 온다.

33

나는 다정한 사람 아니야. 대체로 상대방의 거울일 뿐.

34

선택적으로 적당히 친절해야지, 안 그러면 정말 친절하고
싶을 때 쓸 거 없어져.

35

자기 파괴라는 수단으로는 소중한 사람을 지킬 수 없어.

36

진심이면 다 되는 줄 알고 아무 짓이나 하지 말자.

37

우리는 각기 다른 날에 외로웠으면 좋겠다. 너와 내게 부는 바람이 둘 중 누군가에게 먼저 오더라도 바람 부는 날은 항상 다른 날이었으면 좋겠다. 그렇다면 널 좀 더 잘 안아 줄 수 있을 것 같다.

38

'영원히'라는 말의 마지막 글자가 '희(喜)'였음 좋겠다고 밤
새 생각했어. 그랬다면 이 막막한 단어를 집어삼킬 때마다
조금 덜 겁낼 수 있을 것 같았거든.

39

네가 의지하는 사람도 의지할 곳이 필요하다는 사실을 잊
으면 안 돼.

40

나에게 행복이란, 하기 싫은 일을 하지 않아도 되는 것.

41

밑줄을 긋다 재채기를 한다. 방향성 없이 망가진 선을 본다. 조심성 있게 시작해도 별수 없는 일이 있구나.

42

더 신경 써주길 바란다면 그렇다고 말하고, 더 좋아해 주길
바란다면 그렇다고 말해야 한다. 상대를 내치고 그의 반응
을 살핌으로 마음을 확인하려 하면 분명 오해가 생기고 마
음이 상한다.

43

정말로 우는 날도 있고 아닌 날도 있다. 오늘이 어떤 날이
될지 나는 알 수 없다. 나중에서야 '오늘은 이런 날이었구
나' 할 뿐이다.

44

잘 자란 말이 "걱정 말고 자. 오늘은 내가 너의 꿈이 되어 줄게." 같은 뜻으로 들릴 때가 있었다.

45

이렇게나 지치고 스트레스를 받을 때 내 주위에 없다면 어
떻게 견딜 수 있겠나 싶었던 사람들이 막상 없어도 어떻게
든 견디긴 견디었다. 나는 내 생각보다 많은 걸 견딜 줄 알
았다.

46

꼭 많은 사람들이 있어야 할 필요는 전혀 없었던 것이다.
적당히 하고 싶은 말을 뱉을 공간과 우뚝 서 있어 주는 사
람 하나만 있어도 괜찮은 일이었다.

47

내가 도망치고 싶어졌다고 말하면 그거 그냥 겁먹어서 그
런 거니까 잠깐 동안 날 안아 줘.

48

있으면 좋다. 그리고 없어도 된다.

49

본인이 안전한 범위 내에서 뱉은 솔직한 말이 그걸 듣는 상
대의 안전도 보장하는지는 별개의 문제.

50

'좋아하는 사람'과 '좋은 사람'은 항상 함께 존재하는 성질이 아님을 안다. 좋아하는 사람은 가장 나쁜 사람 되기가 쉬운 법임도 안다. 그걸 좀 더 깊이 이해하는 시간을 보내야 한다. 나는 나를 좋아하는 사람에게 가장 잔인하고, 가장 나쁘고, 가장 냉정하고, 가장 너무한 사람이 될 수 있다. 그것도 가장 간단하고 손쉬운 방법으로.

음울하게 존재하는 불안을 잠재워야 하는 것만큼이나 신경 써야 하는 것은 그런 지점일 것이다.

누군가 나를 좋아한다 해서 내가 그 사람에게 무조건 좋은 사람으로만 존재할 순 없다. 인간은 자신을 신경 쓰다 상대의 사정을, 서사를, 흐름을 잠시 잊는 일이 잦기 때문이다.

사랑도 받고 그런 것이다.
어쩌다 보니
사는 대로 사는데
· 사랑받기 위해 사는 게 아니라

51

상대가 나보다 빠르면 숨차고, 나보다 느리면 답답하고. 같이 걷는 일이란 게 그래. 너무 상대적인 일이라 개인을 탓할 수 없음이 가끔은 원망스럽지. 그래도 우린 서로의 속도를 기억하자. 서로가 서로를 곁에 둘 수 있도록.

52

문득 잘 자란 말이 얼마나 다정한가에 대해 생각했다. 당신
의 밤이 안녕했으면 좋겠다. 깊은 수렁에 빠지지 않았으면
한다. 다른 어떤 방해꾼도 그 곁을 얼쩡거리지 않았으면 좋
겠다. 잠시 죽어 있을 요량으로 누워 있기라도 한 것처럼
꿈조차 당신을 비켜 갔으면.

단 두 글자에 담긴 것은 너무나도 많고, 나는 그 헤아릴 수
없는 것들을 되새긴다.

잘 자란 말은 따뜻하구나.
잘 자. 별도 빛나는 소리를 숨기길 바란다.

악몽이 길을 잃어 당신을 찾지 못했음 좋겠다.

오늘 밤도, 내일 밤도, 그렇게 매일 밤을.

잘 자. 오늘은 내가 너 대신 조금 뒤척여도 좋다는 뜻으로

하는 말이야.

53

잘 지내니. 밤에 문득 우울해져 잠들기 전 울지는 않고? 무
서운 꿈을 꾸지는 않고? 집으로 돌아가는 골목길이 쓸쓸해
외로움에 잡아먹힐까 봐 도망치듯 빨리 걷는 일은 없었니.

54

모두가 (계속해서, 끈질기게, 어떻게든, 끝까지, 결국엔) 안
녕했음 좋겠다.

55

안녕을 기원합니다. 안녕이라 적는 그 짧은 순간에도, 안녕을 이루는 그 모든 획에도 당신의 안녕이 스며들길 바랍니다.

안녕, 하세요. 그게 저의 안녕이 될 것입니다. 그러니 저의 안부는 묻지 않으셔도 됩니다.

안녕, 안녕.

_Good night, stranger